CATALOGUE

DES

LIVRES ANCIENS

ET MODERNES

COMPOSANT LA BIBLIOTHÈQUE DE M***

Dont la vente aura lieu le lundi 22 décembre 1873

et les deux jours suivants

Rue des Bons-Enfants, 28 (maison Silvestre)

SALLE N° 1

à sept heures et demie du soir

Par le ministère de

Me **DELBERGUE-CORMONT**, commissaire-priseur

Rue de Provence, 8.

PARIS

ADOLPHE LABITTE

LIBRAIRE DE LA BIBLIOTHÈQUE NATIONALE

4, Rue de Lille, 4

1873

NOUVELLES PUBLICATIONS

JOINVILLE (Jean, sire de). *Histoire de saint Louis,* suivie du *Credo* et de la *Lettre à Louis X,* texte original du XIVe siècle, accompagné d'une traduction en français moderne, d'un vocabulaire, d'éclaircissements historiques, par M. NATALIS DE WAILLY, de l'Institut. Édition entièrement refondue et contenant 2 chromolithographies, 16 miniatures représentant l'histoire du saint Roi, des *fac-simile* de l'écriture de Joinville, 32 lettres initiales et culs-de-lampe, les sceaux de saint Louis, de la reine Marguerite, de la reine Blanche et de Joinville, 3 cartes géographiques, etc. (*Nouvelle publication.*) 1 vol. gr. in-8o jésus. Broché. . . . . 15 fr.

SAINTE CÉCILE ET LA SOCIÉTÉ ROMAINE aux deux premiers siècles, par DOM GUÉRANGER, abbé de Solesmes. Ouvrage contenant 2 chromolithographies, 5 planches en taille-douce et 250 gravures sur bois. (*Nouvelle publication.*) 1 vol. in-4o. Broché, 25 fr. — Relié, tr. dorées. . . . . 33 fr.

Paris. — Typographie Georges Chamerot, rue des Saints-Pères, 19.

CATALOGUE

DE

LIVRES ANCIENS

ET MODERNES

THÉOLOGIE.

1. Histoire du Vieux et du Nouveau Testament. *Amsterdam, P. Mortier*, 1700, in-fol. fig. en taille-douce, v. marbr.

2. Sainte Bible, traduction nouvelle, par M. de Genoude. *Paris, Sapia et Beaujouan, s. d.*, in-18, chagr. n. fil. tr. dor.

3. Suite de 34 figures pour la Sainte Bible, édition de Furne. En 1 vol. gr. in-8, demi-rel. dos et coins de v. viol. n. rog.

4. Les Pseaumes de David, mis en vers françois. *Amsterdam, P. Mortier, s. d.*, pet. in-12, musique, v. marbr. fil. tr. dor.

5. Dissertations qui peuvent servir de prolégomènes de l'Écriture sainte, par dom Calmet. *Paris*, 1720, 3 vol. in-4, demi-rel. bas. n. rog.

6. Les Évangiles de N.-S. Jésus-Christ, traduction de Le Maistre de Sacy. *Paris, J.-J. Dubochet*, 1837, gr. in-8, vignettes par Th. Fragonard, demi-rel. dos et coins de mar. r. tête dor. n. rog.

7. Exposition de l'évangile : Missus est, de nouveau faicte et imprimée, contenant le mystère de la réparation de nature humaine. *A l'enseigne de la Licorne*, 1538. Pet. in-8, goth. mar. r. (*Anc. rel.*)
Très-taché par l'humidité.

8. Vie de Jésus, par Ern. Renan. *Paris, M. Lévy*, 1863, in-8, br. — La Mort de Jésus, par D. Ramée. *Paris, Ed. Dentu*, 1863, in-8, br. — Histoire élémentaire et critique de Jésus, par A. Peyrat. *Paris, M. Lévy*, 1864, in-8, br.

8 *bis*. Th. à Kempis. De Imitatione Christi libri quatuor. *Lugduni, ex officina Elzevirian*., 1658, pet. in-12, titre gravé, v. marbr. fil. tr. dor.

9. L'Imitation de Jésus-Christ, traduction nouvelle de M. l'abbé Dassance, illustrée par MM. T. Johannot et Cavelier. *Paris, L. Curmer*, 1836, gr. in-8, demi-rel. bas. viol.

10. L'Imitation de Jésus-Christ, traduite par M. de Genoude, enrichie de douze vignettes, lettres ornées, fleurons et encadrements. *Paris, Pourrat frères*, 1835, gr. in-8, demi-rel. dos et coins de v. viol. tr. rog.

11. Pia Desideria. Pieux Désirs, imités des latins du R. P. Herman Hugo, par P. J. Jurisc, mis en lumière par Boëce a Bolswert. *Paris, Séb. Cramoisy* (1627), 3 vol. pet. in-8, fig. d'après Goltzius, v. gr.

12. La Cordelière, ou Trésor des indulgences du cordon S. François suivant la réformation de Paul V, par le R. P. Nicolas Aubespin, naguères provincial d'Aquitaine. *Paris, Jean le Bouc*, 1610, pet. in-12, fig. mar. br. compart. dor. tr. dor.

13. L'Invocation et l'Imitation des saints, pour tous les jours de l'année (par l'abbé Giraud), avec des figures gravées en taille-douce par Audran. *Paris, G. Audran*, 1687, 3 vol. pet. in-12, v. v. fil.

14. La Cité de Dieu de saint Augustin, traduite en français; nouvelle édition. *Bourges*, *Gille*, 1818, 3 vol. in-8, demi-rel. dos et coins de v. f.

15. Prières en latin et en français. Pet. in-8, mar.

Fragment de manuscrit du seizième siècle sur vélin, initiales en or et couleurs.

16. Breviarium Romanum. *Parisiis*, *Thielman Kerver*, 1524, pet. in-8, goth. à 2 col. mar. (*Rel. moderne.*)

Bien conservé, mais court de marges.

17. Breviarium Romanum. *Parisiis, apud Iolandam Bonhomme, viduam Thielmanni Kerver*, 1542, pet. in-8, goth. à 2 col. rel.

18. Oraisons funèbres de Fléchier, évêque de Nismes. *Paris*, *impr. de J. Didot l'aîné*, 1824, in-8, pap. vél. mar. n. compart. tr. dor.

19. Essay de pseaumes et cantiques mis en vers par mademoiselle *** (Chéron), et enrichis de figures gravés (par L. Chéron). *Paris*, *M. Brunet*, 1694, in-8, fig. v. gr.

20. L'Histoire ecclésiastique translatée de latin en françois par messire Claude de Seyssel. *Paris*, *Charles l'Angelier*, 1554, pet. in-8, v.

Incomplet de deux feuillets dans le dernier cahier.

21. Essai sur l'indifférence en matière de religion, par M. l'abbé F. de Lamennais. *Paris*, *P. Daubrée*, 1835, 4 vol. — Défense de l'Essai sur l'indifférence en matière de religion, par le même. *Paris*, *P. Daubrée*, 1835, ensemble 5 vol. in-8, brochés.

22. Les Jésuites depuis leur origine jusqu'à nos jours, histoire, types, mœurs, mystères, par M. A. Arnould. *Paris*, *M. Lévy*, 1846, 2 vol. gr. in-8, fig. br.

23. Histoire de Notre-Dame de Liesse, par M. Villette. *Laon*, *A. Rennesson*, 1708, in-8, fig. bas.

Piqûres de vers dans le fond de la marge.

24. Traitez singuliers et nouveaux contre le paganisme du Roy-Boit, par J. Deslyons. *Paris, veuve C. Savreux*, 1670, in-12, v. br. fil. (*Cachet et chiffres sur le titre.*)

25. Examen critique des doctrines de la religion chrétienne, par Patrice Larroque. *Paris, Schultz*, 1860, 3 vol. in-8, br.

26. Origine de tous les cultes, ou Religion universelle, par Dupuis. *Paris, L. Rosier*, 1835-37, 10 vol. in-8, br.

27. Histoire abrégée des différents cultes, par J.-A. Dulaure. *Paris, Guillaume*, 1825, 2 vol. in-8, cart. non rog.

28. Loi de Moïse, ou système religieux et politique des Hébreux, par J. Salvador. *Paris, Ridau*, 1822, in-8, demi-rel. bas.

SCIENCES ET ARTS.

29. Paradoxes sur l'incertitude, vanité et abus des sciences, traduits en françois du latin de Henri Corneille Agrippa (par Louis de Mayerne-Turquet). *S. l.*, 1608, in-12, v. gr. fil.

30. Réflexions morales de l'empereur Marc Antonin, traduites par Dacier. *Paris, impr. de Didot jeune, an IX* (1800), in-4, fig. de Moreau, cart. n. rog.
Exemplaire en grand papier vélin.

31. Le Livre doré de Marc Aurèle, empereur et éloquent orateur, fidellement reveu et vérifié sur les exemplaires latin et castillan. *Paris, Jehan Ruelle*, 1554, pet. in-12, bas.

32. Les Offices de Cicéron, traduits en françois sur la nouvelle édition de Grævius, avec des notes (par Phil. Goisbaud-Dubois). *La Haye, van Bulderen*, 1692, in-12, front. grav. vél.

33. De la Sagesse, par Charron. *Paris, J.-Fr. Bastien*, 1783, in-8, portr. v. marbr. dent.

34. Maximes et Réflexions morales du duc de La Rochefoucauld. *Paris, Impr. royale*, 1778, in-8, pap. de Holl. portr. ajouté, mar. r. fil. tr. dor. (*Rel. ancienne.*)

35. Maximes et Réflexions morales du duc de La Rochefoucauld. *Paris, Impr. royale*, 1778, in-8, portr. v. marbr. fil.

36. Les Caractères de Théophraste, traduits du grec, avec les Caractères ou les mœurs de ce siècle, par M. de La Bruyère. *Amsterdam, Wetsteins frères*, 1720, 3 vol. pet. in-8, fig. v. gr.

37. Les Caractères de La Bruyère, suivis des Caractères de Théophraste, traduits du grec par le même. *Paris, Castel de Courval*, 1826, 2 vol. in-8, broché.

38. OEuvres de Spinoza, traduites par E. Saisset. *Paris, Charpentier*, 1842, in-12, 2 part. en 1 vol. in-12, v. f. fil. tr. jas.

39. Discours du comte de Bussy-Rabutin à ses enfants, sur le bon usage des adversitez et les divers événements de sa vie. *Paris, Anisson*, 1694, in-12, v. marbr.

40. Raison, Folie, petit cours de morale mis à la portée des vieux enfants, suivi des Observateurs de la femme (par M. Lemontey). *Paris, Déterville*, 1816, 2 vol. in-8, v. f. dent.

41. La Liberté, par Jules Simon. *Paris, Hachette*, 1859, 2 vol. in-8, br.

42. Traité du gouvernement civil, par M. Locke, traduit de l'anglais. *Paris, impr. de Desveux, an III*, in-8, mar. r. fil. tr. dor. (*Bozérian aîné.*)

43. Traicté politique, composé par William Allen, Anglois, trad. en françois (par Marigny), où il est prouvé par l'exemple de Moyse que tuer un tyran n'est pas un meurtre. *Lugduni*, 1658, in-24, cart. n. rog.

44. Summaire ou Epitome du livre de Asse faict par le commandement du roy, par maistre Guillaume Budé. *On les vend à Paris en la rue neufve Nostre Dame, à l'enseigne sainct Nicolas, s. d.*, pet. in-8, v. f. fil. tr. dor.

45. Summaire ou Epitome du livre de Asse, par maître Guill. Budé. *Paris, les Angeliers frères*, 1538, pet. in-8, goth. v. f.

Titre remonté, court de marges

46. Traité des monnoyes, de leurs circonstances et dépendances, par M. J. Boizard. *Paris, Jac. Le Fébure*, 1711, in-12, fig. v. gr.

47. Traité des monnaies d'or et d'argent qui circulent chez les différents peuples, par P.-F. Bonneville. *Paris, Duminil-Lesueur*, 1806, in-fol. fig. v. marbr. dent.

48. Histoire des animaux, d'Aristote, avec la traduction françoise par Camus. *Paris, veuve Desaint*, 1783, 2 vol. in-4, v.

49. Histoire naturelle de Pline, trad. en français avec le texte latin et des notes (par Poinsinet de Sivry, de Querlon, etc.). *Paris*, 1771, 12 vol. in-4, v. éc. dent.

50. Mémoires du baron Georges Cuvier, publiés en anglais par mistress Lee, et en français par Théodore Lacordaire. *Paris, H. Fournier*, 1833, in-8, portr. demi-rel. dos et coins de v. ant. non rog.

51. Le Jardin des plantes, description complète, historique et pittoresque du muséum d'histoire naturelle, par MM. P. Bernard, L. Couailhac, etc.

Paris, *L. Curmer*, 1842, 2 vol. gr. in-8, fig. demi-rel. dos et coins de mar. r. n. rog.

On a ajouté le portrait de Bernardin de Saint-Pierre par Lafitte et Pelée.

52. Bulletin de la Société zoologique d'acclimatation. *Paris,* 1854–1872, 20 vol. in-8, br. et en livraisons.

53. Les Pigeons de volière et de colombier, ou histoire naturelle et monographie des pigeons domestiques, par MM. Boitard et Corbié. *Paris, Audot*, 1824, in-8, fig. demi-rel. dos et coins de mar. v. n. rog.

54. Mémoires pour servir à l'histoire des insectes, par M. de Réaumur. *Paris*, *Impr. royale,* 1734-42, 6 vol. in-4, fig. mar. r. fil. tr. dor. (*Rel. anc.*)

Bel exemplaire.

55. Plantes de la France décrites et peintes d'après nature, par M. Jaume Saint-Hilaire. *Paris*, *impr. de Didot l'aîné*, 1808-1809, 4 vol. gr. in-8, fig. col. demi-rel. bas. v.

56. Flore descriptive et analytique des environs de Paris, par E. Cosson et E. Germain. *Paris*, *Fortin*, 1845, in-12 et atlas, demi-rel. mar. r.

57. Instruction pour les jardins fruitiers et potagers, avec un traité des orangers, suivy de quelques réflexions sur l'agriculture, par M. de La Quintinye. *Paris*, *Cl. Barbin*, 1690, 2 vol. in-4, fig. v. gr. (*Aux armes.*)

58. Plans raisonnés de toutes les espèces de jardins, par Gab. Thouin. *Paris*, 1820, in-fol. fig. demi-rel. v. r. n. rog.

59. Abécédaire de Flore, ou langage des fleurs, méthode nouvelle de figurer avec des fleurs les lettres, les syllabes et les mots, par B... Delachenaye. *Paris*, *P. Didot*, 1811, in-8, pap. vél. fig. color. demi-rel. v. bl.

60. Traité des arbres et arbustes qui se cultivent en France, par Duhamel du Monceau. *Paris*, 1755, 2 vol. in-4. — Des Semis et plantations des arbres et de leur culture, par le même. *Paris*, 1780, in-4, ensemble 3 vol. in-4, fig. v. marbr.

61. Traité des arbres fruitiers, contenant leur figure, leur description, leur culture, par Duhamel du Monceau. *Paris*, 1768, 2 vol. in-4, fig. v. marbr. fil. tr. dor.

Exemplaire en grand papier.

62. Collection de machines, d'instruments, etc., employés dans l'économie rurale, par le comte de Lasteyrie. *Paris*, 1820, 2 vol. in-4, br. *figures*.

63. Correspondance de M. M*** (Mesmer), sur les nouvelles découvertes du baquet octogone de l'homme-baquet et du baquet moral, recueillie et publiée par MM. de F... (Fortia de Piles), J... (Jourgniac de S.-Méard) et B... (Louis de Boisgelin). *Libourne et Paris, Prault*, 1785, pet. in-12, fig. br.

64. Traité du fouet et de ses effets sur le physique de l'amour, ou aphrodisiaque externe, par D*** (Doppet), médecin. *S. l.*, 1788, in-18, demi-rel. dos et coins de v. ant. (*Thompson*.)

65. De l'Utilité de la flagellation dans les plaisirs du mariage et dans la médecine, trad. du latin de Meibomius. *Paris*, 1792, in-18, fig. bas.

66. Essai sur la mégalanthropogénésie, ou l'art de faire des enfants d'esprit qui deviennent des grands hommes, par Robert le Jeune. *Paris, Debray, an X* (1801), in-12, cart. n. rog.

67. Le Parfaict Joaillier, ou Histoire des pierreries, par Anselme Boece de Boot. *Lyon, J.-Ant. Huguetan*, 1644, in-8, fig. v. gr.

68. Des Pierres précieuses et des pierres fines, avec les moyens de les connoître et de les évaluer, par

M. Dutens. *Florence, J. Molini, s. d.*, pet. in-8, bas. rac. dent.

69. Le Livre d'or des métiers. Histoire de l'orfévrerie-joaillerie, et des anciennes communautés et confréries d'orfévres-joailliers, par M. Paul Lacroix et Ferdinand Seré. *Paris, Seré*, 1850, gr. in-8, fig. demi-rel. dos et coins de v. ant. n. rog.

70. L'Art de conduire et de régler les pendules et les montres, à l'usage de ceux qui n'ont aucune connoissance d'horlogerie, par M. Ferdinand Berthoud. *Paris, M. Lambert*, 1759, pet. in-12, fig. v. gr. fil. tr. dor.

71. L'Arbitre des jeux, accompagné de petits poëmes historiques, par Méry. *Paris, Gabr. de Gonet*, 1847, in-32, v. f. fil.

72. Les Cartes à jouer et la cartomancie, par P. Boiteau d'Ambly. *Paris, L. Hachette*, 1854, in-12, fig. v. r. fil.

73. L'Escuyer françois, contenant l'exercice de monter à cheval, ensemble le manége royal, par les sieurs de Pluvinel et Charnizay. *Paris, Est. Loyson*, 1671, in-12, fig. demi-rel. dos et coins de v. br.

74. Traité de la chasse, de Xénophon, traduit en françois par J.-B. Gail. *Paris, Déterville, an IX* (1801), in-18, fig. à l'eau-forte, v. f. dent.

75. Vénerie de Jacques du Fouilloux. *Paris*, 1606, in-4, vél. fig.

Le titre manque et le volume s'arrête à la page 272.

76. Le Vieux Chasseur, par Deyeux, dessins par Sharles, grav. par Baulant. *S. l. n. d.*, in-18, demi-rel. dos et coins de v. f.

77. La Chasse au tir, poëme en cinq chants (attribué à Balzac). *Paris, V. Thiercelin*, 1827, in-8, fig. demi-rel. v. ant.

78. La Petite Vénerie, ou la Chasse au chien courant, par Adolphe d'Houdetot. *Paris, Charpentier*, 1855, in-12, fig. demi-rel. dos et coins de v. f.

79. L'Encyclopédie perruquière, ouvrage curieux à l'usage de toutes sortes de têtes, enrichie de figures en taille-douce par M. Beaumont. *Paris, Hochereau*, 1757, in-12, bas.

80. Les Douze Testaments des patriarches, traduits de l'hébreu en grec, et du grec en latin, par Robert, évêque de Lincoln, et du latin en françois, avec une dissertation, des arguments et des notes, par M. Macé. *Paris, J. de Nully*, 1713, in-12, chagr. n. fil. tr. dor.

81. Histoire pittoresque de la franc-maçonnerie et des sociétés secrètes anciennes et modernes, par F.-T.-B. Clavel. *Paris, Pagnerre*, 1843, gr. in-8, fig. sur acier, demi-rel. v.

BEAUX-ARTS.

82. Histoire des peintres de toutes les écoles, par Charles Blanc. *Paris, Renouard, s. d.*, 200 livr. environ en 5 vol. in-4, demi-rel. v. f.

83. De l'Art en Allemagne, par Hip. Fortoul. *Paris, J. Labitte*, 1842, 2 vol. in-8, br.

84. Recherches historiques et littéraires sur les danses des morts et sur l'origine des cartes à jouer, par Gabr. Peignot. *Dijon, V. Lagier*, 1826, in-8, fig. v. ant. compart.

85. Traité de la peinture, par Léonard de Vinci. *Paris, P.-Fr. Giffart*, 1716, in-12, fig. v. gr.

86. Traité de la peinture, de Léonard de Vinci, avec des notes par P.-M. Gault de Saint-Germain. *Genève*, 1820, in-8, fig. demi-rel. v. viol.

87. Leonardo da Vinci, disegni incisi e pubblicati da C. G. Gerli. In-fol. cart.

88. Traduction abrégée de la Storia pittorica della Italia de l'abbé Lanzi, ou Histoire des principaux peintres des écoles d'Italie. *Paris, Rey et Gravier*, 1823, in-8, fig. demi-rel. dos et coins de v f. n. rogné.

89. Histoire de la vie et des ouvrages de Michel-Ange Bonarroti, par M. Quatremère de Quincy. *Paris, F. Didot*, 1835, gr. in-8, portr. sur chine, broché.

90. Histoire de la vie et des ouvrages de Raphaël, par M. Quatremère de Quincy. *Paris, F. Didot*, 1835, gr. in-8, portr. sur chine, br.

91. Essai sur J.-L. David, peintre d'histoire, par M. P.-A. Coupin. *Paris, J. Renouard*, 1827, in-8, demi-rel. dos et coins de mar. v. n. rog.

On a ajouté un portrait des figures, un dessin au crayon et une lettre autographe de David.

92. Notice sur la vie et les ouvrages de Léopold Robert, par E.-J. Delécluze. *Paris, Rittner et Goupil*, 1838, gr. in-8, portr. et fig. demi-rel. dos et coins de mar. r. n. rog.

93. Notice historique sur la vie et les ouvrages de P.-P. Prud'hon, peintre. *Paris, F. Didot*, 1824, in-8, demi-rel. dos et coins de mar. v. n. rog.

Portrait par Voiart et figures ajoutés.

94. OEuvres posthumes de Girodet-Trioson, peintre, suivies de sa correspondance, précédées d'une notice historique et mises en ordre par P.-A. Coupin. *Paris, J. Renouard*, 1829, 2 vol. in-8, pap. vél. portr. et fig. mar. viol. ornements, tr. dor.

95. Manuel du muséum français, contenant une description analytique et raisonnée avec une gravure au trait de chaque tableau, tous classés par écoles et œuvres des grands maîtres, par F. E. T. M. D. L. J. N. (Toulongeon). *Paris, Treuttel et Würtz*, 1802-1805, 3 vol. in-8, demi-rel. bas. n. rog.

96. Musée royal de France, ou collection gravée des chefs-d'œuvre de peinture et sculpture dont il s'est enrichi depuis la Restauration, avec un texte rédigé par M. A. Jal, publié par Mme Ve Filhol. *Paris*, 1827, gr. in-8, demi-rel. dos et coins de v. f. n. rog.

97. Musée royal du Luxembourg, recréé en 1822, et composé des principales productions des artistes vivants, par C.-P. Landon. *Paris*, *Impr. royale*, 1823, fig. au trait, cart. n. rog.

98. Galerie du Luxembourg, des musées, palais et châteaux royaux de France, contenant la collection des tableaux de l'école française depuis David, gravée par MM. Allais, Bosq, Coupé, etc., et publiée par Aug. Liebert. *Paris*, 1828, in-fol. demi-rel. v. f. n. rog.

99. Salon de 1831, par M. Gustave Planche. *Paris, impr. Pinard*, 1831, in-8, pap. vél. fig. demi-rel. v. fauve.

100. Le Salon de 1833, par G. Laviron et B. Galbacio. *Paris, A. Ledoux*, 1833, in-8, eaux-fortes par Al. et T. Johannot, Gigoux, etc., demi-rel. v. bl.

101. Le Musée, revue du salon de 1834, par Alexandre D.... *Paris*, *Challamel*, 1834, in-4, fig. demi-rel. v. ant. n. rog.

102. Catalogue des tableaux, dessins et estampes composant l'une des collections de feu M. L. Dufourny. par M. H. Delaroche. *Paris*, 1819. — Catalogue d'antiquités égyptiennes, grecques et ro-

maines, etc., qui composent l'une des collections des objets d'art formées par M. L. Dufourny, par L.-J.-J. Dubois. *Paris*, 1819, in-8, fig. au trait, demi-rel. dos et coins de v. f. n. rog. (*Avec les prix à la main.*)

103. Description des objets d'art qui composent le cabinet de feu M. le baron V. Denon, par A.-N. Pérignon. *Paris, impr. d'Hipp. Tilliard,* 1826, 3 vol. in-8, cart. n. rog.

104. Principes raisonnés du paysage, à l'usage des écoles de l'Empire français, dessinés d'après nature par N.-Al.-Michel Mandevare. *Paris*, *Boudeville,* 1804, in-fol. fig. cart. n. rog.

105. Galeries des antiques, ou esquisses des statues, bustes et bas-reliefs, fruits des conquêtes de l'armée d'Italie; par Legrand. *Paris*, *an XI*, 1802, gr. in-8, fig. cart. n. rog.

106. Les Monuments antiques du musée Napoléon dessinés et gravés par Thomas Piroli, publiés par F. et P. Piranesi. *Paris,* 1807, 4 tom. en 2 vol. in-4. bas. rac. dent. (*Aux chiffres de Napoléon Ier.*)

107. Les Monuments antiques du musée Napoléon, dessinés et gravés par Thomas Piroli avec une explication par J.-G. Schweighæuser, publiés par F. et P. Piranesi. *Paris*, 1804-1806, 4 vol. in-4, v. rac. dent. tr. dor.

108. Mémoires de Benvenuto Cellini, écrits par lui-même et traduits par Léopold Leclanché. *Paris*, *J. Labitte*, *s. d.*, in-12, demi-rel. dos et coins de v. ant. n. rog.

109. OEuvre de Canova, quarante-cinq planches gravées par Réveil, et accompagnées d'un texte explicatif, par M. H. de Latouche. *Paris*, *Audot*, 1829, gr. in-8, demi-rel. v. f. n. rog.

110. Histoire de la sculpture française, par T.-B. Emeric-David. *Paris*, *Charpentier,* 1853, in-12, demi-rel. dos et coins de v. f. n. rog.

111. Les Stalles de la cathédrale d'Amiens, par MM. Jourdain et Duval. *Amiens*, 1843, gr. in-8, fig. demi-rel. et coins de v. f.

112. Mémoires historiques relatifs à la fonte et à l'élévation de la statue équestre de Henri IV sur le terre-plein du Pont-Neuf à Paris, par M. Ch.-J. Lafolie. *Paris*, *Le Normant*, 1819, in-8, fig. à l'eau-forte, demi-rel. v. v.

113. Antiquæ Urbis splendor, opera Jacobi Lauri. *Romæ*, 1612, in-fol. obl.

114. Impostures innocentes, ou Recueil d'estampes d'après divers peintres illustres, gravées par Bernard Picart. *Amsterdam*, 1734, in-fol. v. marbr.

115. Tragedie di Eschilo, componimenti di Flaxman, in-4 obl. *fig. au trait*.

116. Vues de Provins. *Paris, Gide*, 1822, pet. in-fol. cart. n. rog. lithographies.

117. Vues de Provins, dessinées et lithographiées en 1822 par plusieurs artistes, avec un texte, par M. D. (Du Sommerard). *Paris*, *Gide*, 1822, in-4, broché.

118. Vues de la Grèce, gravées par C. Frommel, in-4 obl. demi-rel. v. f.

119. The Shores and Islands of the Mediterranean. *London*, *Fisher*, *s. d.*, in-4, cart. *figures sur acier*.

120. Atlante Dantesco. *Milano*, 1822, in-4, br. obl. *fig. au trait*.

121. Compositions from Dante Alighieri, by John Flaxman. *London*, 1807, in-4 obl. *fig. au trait*.

122. L'Artiste. Recueil de planches, 53 lithogr. en 1 vol. in-4, demi-rel.

123. OEuvre de A. Girardet. — Le Théâtre de Racine d'après Desenne, 13 pièces sur Chine et eau-forte. Ensemble 21 pièces.

124. Album de gravures, 32 planches in-4, demi-rel.

Femme hydropique, papier de Chine, avant la lettre. — Une Sapinière, par Calame. — Hôpital de Jaffa, eau-forte. — L'Accordée de village, eau-forte d'Adam, etc.

125. Les Fleurs, par Me Héloïse Leloir, Valerio, etc., pet. in-fol. cart. Lithographies.

126. Portraits de médecins, environ 40 portr. en 1 carton.

127. De la Manière de graver à l'eau-forte et au burin, et de la gravure en manière noire, par A. Bosse. *Paris, Ch.-Ant. Jombert*, 1758, in-8, fig. v. jaspé, dent.

128. Dictionnaire iconographique des monuments de l'antiquité chrétienne et du moyen âge, par L.-J. Guénebault. *Paris, Leleux*, 1843, 2 vol. gr. in-8, demi-rel. bas. bl.

129. Illustrium Imagines. *Impressum Romæ*, 1517, pet. in-8, v. fig. texte encadré.

130. Enea Vico. Le Imagini de gli imperatori. *Anno* 1548, pet. in-4, demi-rel. fig.

On attribue l'impression de ce volume à Paul Manuce.

131. Ori Apolinis de sacris Ægyptiorum notis. *Parisiis*, 1574, pet. in-8, v. f. *fig. sur bois.*

132. Der Todtentanz. *Leipzig*, 1831, pet. in-8, demi-rel. mar. fig. gravées sur pierre.

133. Raccolta di vedute, si antiche che moderne, della città di Roma e di alcuni luochi suburbani. *In Roma, s. d.*, in-4, obl. cart.

134. Collection de vignettes, fleurons et culs-de-lampe, ou suite chronologique de faits relatifs à l'histoire de France, composée par M. Cochin. *Paris*, *Prévost*, 1767, in-4, cart.

135. Faust. Recueil de figures au trait. *Paris*, *Auvray*, *s. d.*, in-8 obl. br.

136. Paris ancien et moderne (par Dulaure). Recueil de 35 gravures sur acier en 1 vol. gr. in-8, demi-rel. dos et coins de v. br. n. rog.

137. Le Nain jaune, journal des arts, des sciences et de la littérature. (Cinquième année.) N°s 337 à 379, en 1 vol. in-8, fig. color. cart.

138. L'Art des emblèmes, où s'enseigne la morale par les figures de la fable, de l'histoire et de la nature, par le P. C.-F. Menestrier. *Paris*, *De la Caille*, 1684, in-8, v. marb.

139. Sambuci Emblemata. *Autuerpiæ*, *Plantin*, 1566, pet. in-8, rel. nombreuses planches.

Avec la signature de Brodæus, l'éditeur de l'anthologie grecque.

140. Les Emblèmes du seigneur Jehan Sambucus, traduits de latin en français (avec le texte latin). *Anvers*, *impr. de Christophle Plantin*, 1567, 2 vol. pet. in-12, fig. sur bois, v. gr.

141. Les Emblèmes latins-françois du seigneur André Alciat, avec arguments succincts pour entendre le sens de chaque emblème. *Paris, J. Richer*, 1587, in-12, fig. v. f. fil. tr. dor. (*Taché.*)

142. Les Emblèmes de M. André Alciat, traduits en rime françoise, avec le texte latin (par Mignout). *A Magny*, *par Jean de Tournes*, 1615, 2 vol. pet. in-12, fig. sur bois, bas.

143. Emblèmes de l'amour divin. *Paris*, *Landry*, pet. in-8, 58 *planches*.

144. Typus mundi in quo ejus calamitates et pericula nec non divini humanique Amoris antipathia Emblematice proponuntur a R. R. C. S. J. A. (par Othon Vænius). *Antuerpiæ, apud Joan. Cnobbaert*, 1627, pet. in-12, fig. de Mallery, v. marbr.

145. Emblèmes d'Amour, moralisés et gravés par Albert Flamand, peintre. *Paris*, *Gervais Clouzier*, 1666, pet. in-8, fig. v. marbr.

146. David. Virtutis probatum Deo spectaculum, 1597, in-4, v. *Fig. de Th. de Bry.*

Incomplet de huit planches.

147. Mundi Lapis lydius, sive vanitas per veritatem falsi accusata. *Antuerpiæ*, 1639. in-4. v. *figures d'emblèmes.*

148. Le Théâtre moral de la vie humaine représentée en plus de cent tableaux divers d'après Horace, par le sieur Otho Venius, et expliquez par le sieur de Gomberville. *Bruxelles*, *Fr. Foppens*, 1678, in-fol. v. br.

149. Emblèmes ou devises chrétiennes, ouvrage mêlé de prose et de vers, par M. Chavanet, et enrichi de figures en taille-douce. *Lyon*, *veuve Cl. Chavance*, 1701, in-12, v. marbr.

150. Éléments d'archéologie nationale, précédés d'une histoire de l'art monumental chez les anciens, par le Dr L. Batissier. *Paris*, *Leleux*, 1843, in-12, fig. demi-rel. dos et coins de v. f. n. rog.

151. Description historique et pittoresque du château de Chambord, par MM. Merle et Périé. *Paris*, *impr. de P. Didot*, *s. d.*, in-fol. fig. plans et cartes, cart. n. rog.

152. Description historique de l'hôtel royal des Invalides, par M. l'abbé Pérau. *Paris*, *Guil. Desprez*, 1756, in-fol. fig. grav. par Cochin, v. marbr. fil.

153. Catalogue des poinçons, coins et médailles du Musée monétaire de la commission des monnaies et médailles. *Paris*, *A. Pihan*, 1833, in-8, demi-rel. dos et coins de mar. r. n. rog.

154. Manuel de l'amateur d'autographes, par P.-J. Fontaine. *Paris*, *P. Morta*, 1836, in-8, demi-rel. dos et coins de v. f. n. rog.

BELLES-LETTRES.

I. LINGUISTIQUE.

155. Grammaire nationale, ou grammaire de Voltaire, de Racine, de Bossuet, etc., publiée par MM. Bescherelle frères. *Paris, Bourgeois Maze*, 1841, gr. in-8, demi-rel. v. bl.

156. Dictionnaire universel de la langue française, par Boiste. *Paris, Didot*, 1841, in-4, demi-rel. v. bl.

157. Le Dictionnaire des Halles, ou extrait du dictionnaire de l'Académie française (par Artaud). *Bruxelles, Fr. Foppens*, 1696, petit in-12, v. marbr.

158. Manuel lexique, ou dictionnaire portatif des mots françois dont la signification n'est pas familière à tout le monde. *Paris, Didot*, 1750, pet. in-8, mar. r. fil. tr. dor. (*Aux armes du chancelier d'Aguesseau.*)

159. Histoire de la langue et de la littérature des Slaves, Russes, Serbes, Bohêmes, Polonais et Lettons, par F.-G. Eickhoff. *Paris, Cherbuliez*, 1839, gr. in-8, demi-rel. bas. bl.

160. Livre des Orateurs, par Timon. *Paris, Pagnerre*, 1847, 2 vol. in-12, br.

161. La Harpe, cours de littérature ancienne et moderne, suivi d'un Tableau de la littérature au XIXe siècle, par Chénier. *Paris, F. Didot*, 1840; 3 vol. gr. in-8, demi-rel. v. bl.

162. De la Littérature du midi de l'Europe, par J.-C.-L. Simonde de Sismondi. *Paris, Treuttel et Würtz*, 1813, 4 vol. in-8, v. rac. dent.

163. Cours familier de littérature, par M. de Lamartine. *Paris*, 1856-1859, liv. 1 à 168, in-8.

2. POËTES ANCIENS ET MODERNES.

164. Les Quatre Poétiques d'Aristote, d'Horace, de Vida, de Despréaux, avec les traductions et des remarques, par M. l'abbé Batteux. *Paris*, *Saillant et Nyon*, 1771, 2 vol. in-8, pap. de Holl. fig. de Cochin, v. jas. fil. tr. dor.

165. Odes d'Anacréon, traduites en vers sur le texte de Brunck, par J.-B. de Saint-Victor. *Paris, H. Nicolle,* 1818, in-8. fig. v. ant. fil.

166. Odes d'Anacréon, trad. en vers sur le texte de Brunck, par J.-B. de Saint-Victor. *Paris*, *H. Nicolle*, 1810, in-8, fig. v. marbr. dent. tr. dor.

167. L'Iliade et l'Odyssée d'Homère, traduites en vers par M. de Rochefort. *Paris*, *Saillant et Nyon*, 1772, 5 vol. in-8, fig. de Marillier, v. rose, dent. tr. dor.

168. L'Iliade et l'Odyssée d'Homère, traduites en français avec des observations, par Dugas-Montbel. *Paris, F. Didot*, 1828-33, 9 vol. in-8, demi-rel. dos et coins de v. ant. n. rog.

169. Les OEuvres d'Hésiode, traduction nouvelle par M. Gin. *Paris*, *Gueffier*, 1785, in-12, v. rac. dent. tr. dor.

170. Idylles de Bion et de Moschus, traduites en français par J.-B. Gail. *Paris*, *imp. de Didot jeune*, *an III*, in-18, fig. et eaux-fortes avant la lettre, v. jas. dent.

171. OEuvres d'Horace, traduites en vers par Pierre Daru. *Paris*, *Levrault*, 1804, 2 vol. in-8, pap. vél. portr. de Devéria et fig. de Percier, demi-rel. dos et coins de mar. r. n. rog.

172. Œuvres d'Horace, traduites en vers par Pierre Daru. *Paris*, *Levrault*, 1804-1805, 4 vol. in-8, pap. vél. v. rac. dent. tr. dor.

173. Publii Virgilii Maronis Bucolica, Georgica et Æneis, illustrata, ornata et accuratissime impressa. *Londini, J. et P. Knaptou*, 1750, 2 vol. pet. in-8, fig. mar. r. fil. tr. (*Aux armes.*)

174. Les OEuvres de Virgile, traduites en français avec des remarques, par M. l'abbé Desfontaines. *Paris, Quillau*, 1743, 4 vol. in-8, portr. et fig. v. marbr. fil. tr. dor.

175. Les OEuvres de Virgile, traduites en français avec des remarques, par M. l'abbé Desfontaines. *Paris*, *Quillau*, 1743, 4 vol. in-8, v. marbr. dent. tr. dor.

176. L'Énéide, traduite en français par Barthélemy. *Bruxelles, E. Laurent*, 1835, in-32, v. ant. fil. tr. dor.

177. Les Métamorphoses d'Ovide, traduction nouvelle avec texte latin, par M. G.-T. Villenave. *Paris, F. Gay*, 1806-1807, 4 vol. in-8, fig. de Le Barbier, Monsiau, etc., v. ant. fil. tr. dor.

178. Les Métamorphoses d'Ovide, en latin et en françois, de la traduction de M. l'abbé Banier. *Paris*, *Barrois*, 1767, 4 vol. in-4, fig. d'Eisen, Le Prince, Moreau, Gravelot, etc., v. marbr. fil.

179. Lucrèce, traduction nouvelle, avec des notes, par M. L. G**. (La Grange), revue par Naigeon. *Paris, Bleuet*, 1768, 2 vol. in-8, front. gr. v. éc. fil. tr. dor.

Exemplaire en grand papier.

180. Épigrammes de M. Val. Martial, trad. par E.-T. Simon. *Paris*, *F. Guitel*, 1819, 3 vol. in-8, bas. rac. dent.

181. La Pharsale de Lucain, ou les guerres civiles de César et de Pompée, en vers françois, par M. de

Brébeuf. *La Haye, L. et H. van Dole*, 1700, pet. in-12, front. gravé et fig. v. br. fil.

182. Recueil de pensées ingénieuses, tirées des anciens poëtes latins, avec les imitations ou traductions en vers françois, par M. l'abbé Berthelin. *Paris, Durand*, 1752, in-12, mar. r. fil. tr. dor. (*Rel. anc.*)

183. Fabliaux ou Contes du XIIe et du XIIIe siècle (par Le Grand d'Aussy). *Paris, Eug. Onfroy*, 1779-81, 4 vol. in-8, v. marbr.

184. Le Roman du Renard, traduit pour la première fois d'après un texte flamand du XIIe siècle, édité par J.-F. Willems. *Bruxelles*, 1837, in-8, mar. r. fil.

185. Les Poëtes de l'amour, recueil de vers français des XVe, XVIe, XVIIe, XVIIIe et XIXe siècles, précédé d'une introduction par M. Lucien Lemer. *Paris, Garnier frères*, 1850, in-32, v. f. fil. tr. jas.

186. Supplément au Glossaire du Roman de la Rose. *Dijon, J. Sirot*, 1737, in-12, bas.

187. OEuvres de Coquillart, nouvelle édition, revue et annotée par M. Ch. d'Héricault. *Paris, P. Jannet*, 1857, 2 vol. in-16, cart. et rog.

De la Collection elzévirienne.

188. Poésies de Malherbe. *Paris, J. Barbou*, 1776, pet. in-8, portr. v. marbr, dent. tr. dor.

189. Poésies de Malherbe, suivies d'un choix de ses lettres; édition nouvelle, avec des variantes et des notes. *Paris, Janet et Cotelle,* 1822, in-8, portr. v. rose compart. tr. dor.

190. Les Chevilles de Me Adam, menuisier de Nevers; seconde édition, augmentée. *Rouen, J. Caillové*, 1654, pet. in-8, demi-rel.

On a ajouté un portrait au crayon. Les dix dernières pages ont été refaites à la plume.

191. Le Villebrequin de Mr Adam, menuisier de Nevers. *Paris, Guil. de Luyne,* 1663, pet. in-12, portr. ajouté, demi-rel. dos et coins de v. f.

192. OEuvres de M. Boileau-Despréaux avec des éclaircissements historiques donnez par lui-même. *Genève, Fabri et Barrillot,* 1716, 2 vol. in-4, portr. et fig. demi-rel. bas.

193. OEuvres de Nicolas Boileau-Despréaux, avec des éclaircissements donnez par lui-même. *Amsterdam, David Mortier,* 1718, 2 vol. in-fol. portr. et fig. par B. Picart, v. marbr.

194. OEuvres de M. Boileau-Despréaux, nouvelle édition avec des remarques par M. de Saint-Marc. *Paris, David,* 1747, 5 vol. in-8, portr. et fig. v. marbr.

195. OEuvres de Boileau-Despréaux, avec les commentaires revus, corrigés et augmentés par M. Viollet-le-Duc. *Paris, Th. Desoer,* 1823, in-8, portr. de Devéria, v. bl. compart. à mosaïque, tr. dor. (*Vogel.*)

196. OEuvres de La Fontaine. *Anvers,* 1726, 3 vol. in-4, portr. gravé par Dufflos, v. gr.

197. Fables de La Fontaine, avec un nouveau commentaire littéraire et grammatical, par Ch. Nodier. *Paris, Al. Eymery,* 1818, 2 vol. in-8, fig. de Bergeret, v. aut. fil. tr. dor.

198. OEuvres complètes de La Fontaine, précédées d'une notice par M. Auger. *Paris, Delongchamps,* 1826, in-8, portr. demi-rel. v. ant.

199. La Fontaine et tous les fabulistes, ou La Fontaine comparé avec ses modèles et ses imitateurs, par M. N.-S. Guillon. *Paris, Nyon,* 1803, 2 vol. in-8, v. rac. dent.

Avec des notes critiques autographes d'Arnault.

200. Les Philippiques, odes, par La Grange-Chancel, avec des notes historiques, critiques et littéraires. *Paris, an VI,* 1795, in-18, pap. vél. v. f.

201. Fables nouvelles, par M. de Lamotte. *Amsterdam, Wetstein,* 1727, in-12, fig. v. marbr.

202. Fables nouvelles, par Lamotte. *Paris, Gr. Dupuis,* 1759, in-4, v. gr. figures gravées par Coypel.

203. OEuvres complètes de Gresset. *Paris, Dentu,* 1817, 3 vol. in-18, portr. et fig. v. rac. dent. tr. dorée.

204. OEuvres de Fr.-J. de P., card. de Bernis. *Paris, impr. de Didot,* 1797, in-8, fig. v. marbr. dent. tr. dor.

205. Les Baisers, précédés du [illegible] de Mai, poëme (par Dorat). *La Haye et Paris, Lambert et Delalain,* 1770, in-8, fig. vignettes et culs-de-lampe d'Eisen, v. gr. dent. tr. dor.

Bel exemplaire en grand papier.

206. Les Saisons, poëme (par de Saint-Lambert). *Amsterdam,* 1773, in-8, fig. v. gr. fil. tr. dor.

Exemplaire en grand papier.

207. OEuvres de Colardeau. *Paris, Ballard,* 1779, 2 vol. portr. et fig. de Monnet, v. marbr.

Exemplaire en grand papier.

208. OEuvres complètes de Bertin, avec des notes et variantes. *Paris, Roux-Dufort,* 1824, in-8, demi-rel. v. f. n. rog.

209. L'Art d'aimer et poésies diverses de M. Bernard. *S. l. n. d.,* in-8, bas. rac.

210. OEuvres complètes de Bernard. *Paris, F. Buisson,* 1803, 2 vol. in-8, demi-rel. v. ant. n. rogn.

211. Mes Conventions, épître suivie de vers et de prose, par L.-J.-B.-E. Vigée. *Paris, impr. de Crapelet, an IX,* in-18, pap. vél. fig. avant la lettre, v. viol. dent. tr. dor.

Exemplaire de Pixerécourt.

212. Idylles, par M. Berquin. *S. l. n. d.*, 2 part. en 1 vol. in-12, fig. de Marillier, v. marbr.

213. OEuvres complètes de Vadé, avec les airs notés à la fin de chaque volume. *Genève* (*Cazin*), 1777, 4 vol. in-32, portr. v. éc. dent. tr. dor.

214. Recueil complet des chansons de Collé. *Hambourg et Paris*, 1807, 2 vol. in-18, v. f. fil. tr. dorée.

215. Napoléon en Égypte, Waterloo et le Fils de l'homme, par Barthélemy et Méry, précédés d'une notice littéraire par M. Tissot, illustré par H. Vernet et H. Bellangé. *Paris*, *Er. Bourdin*, *s. d.*, gr. in-8, demi-rel. bas. viol.

216. Legouvé (Gab.). Le Mérite des femmes, poëme. *Paris*, *Renouard*, 1803. — Les Souvenirs, la Sépulture et la Mélancolie. *Paris*, *Lemierre*, *an VI*. — L'Espérance, poëme. *Paris*, *impr. de Didot*, 1802, in-18, fig. v. rac. dent.

217. La Gastronomie, poëme par J. Berchoux. *Paris*, *L.-G. Michaud*, 1819, in-18, pap. vél. fig. demi-rel. mar. citr. n. rog.

218. Les Pyrénées de la Bigorre, poëme en quatre chants, par Arnaud Abbadie. *Paris*, *Ant. Boucher*, 1819, in-8, fig. et carte, mar. v. dent. tr. dor.

219. Messéniennes, par Casimir Delavigne. *Paris*, *Ladvocat*, 1820, in-8, fig. v. f. dent.

220. Méditations poétiques, par Al. de Lamartine. *Paris*, *H. Nicole*, 1821, in-8, demi-rel. v. viol.

221. Apologues, par A.-P. Dutramblay. *Paris*, 1822, in-8, mar. viol. compart. à mosaïque, doublé de mar. viol. à compart. tr. dor. (*Thouvenin.*)

222. Chansons de P.-J. de Béranger. *Paris*, 1825, 2 vol. in-18, br.

223. Morts bizarres, poëmes dramatiques suivis de poésies, par Ernest Legouvé. *Paris*, *H. Fournier jeune*, 1832, in-18, br.

224. La Pléiade, ballades, fabliaux, nouvelles et légendes. *Paris, L. Curmer*, 1842, pet. in-8, fig. v. ant. fil. tr. jasp.

225. Las Obros de Pierre Goudelin. *Toulouse, Jan Pech*, 1678, in-12, demi-rel. v. f.

226. Noei borguignon de Gui Barôzai. *Ai Dioni, ché Abran Lyron de Modene*, 1720, in-12, v. f. tr. dor.

227. La Divine Comédie de Dante Alighieri, traduite en français par M. le chevalier Artaud de Montor. *Paris, F. Didot*, 1846, in-12, v. f. fil. tr. dor.

228. Jérusalem délivrée, poëme du Tasse, trad. de l'italien (par M. Le Brun, duc de Plaisance). *Paris, Bossange*, 1803, 2 vol. in-8, fig. de Le Barbier, v. rac. fil. tr. dor.

229. Ossian, fils de Fingal, poésies galliques, traduites sur l'anglois de M. Macpherson par M. Letourneur. *Paris, Musier*, 1777, 2 tom. en 1 vol. in-8, mar. r. dent. tr. dor.

230. Les Saisons, poëme traduit de l'anglais de Thompson (par madame Bontemps). *Paris, impr. de Didot*, 1796, in-8, fig. de Le Barbier, v. rac. dent. tr. dor.

Exemplaire en grand papier.

231. Les Saisons de Thompson, poëme, traduction nouvelle par J.-P.-F. Deleuze. *Paris, Déterville*, 1801, in-8, fig. de Le Barbier, demi-rel. v. v. n. rog.

232. OEuvres complètes d'Alex. Pope, traduites en français. *Paris, Devaux*, 1796, fig. de Marillier, cart. n. rog.

3. THÉATRE.

233. Idées sur le geste et l'action théâtrale, par M. Engel, trad. de l'allemand. *Paris*, *Barrois*, 1788, 2 tom. en 1 vol. in-8, fig. demi-rel. bas.

234. Annales dramatiques, ou Dictionnaire général des théâtres, par une Société de gens de lettres. *Paris*, *Babault*, 1808-12, 9 vol. in-8, bas. rac. dent.

235. Théâtre des Grecs, par le P. Brumoy. *Paris*, *Cussac*, 1785-89, 13 vol. in-8, fig. v. rac. dent. tr. dor.

236. Théâtre complet des Latins, comprenant Plaute, Térence et Sénèque le Tragique, avec la traduction en français, publié par M. Nisard. *Paris*, *J.-J. Dubóchet*, 1844, gr. in-8, br.

De la Collection des auteurs latins.

237. Les Comédies de Térence, avec la traduction et les remarques de Mme Dacier. *Amsterdam et Leipzig*, *Arkstée et Merkus*, 1747, 3 vol. in-12, fig. v. marbr.

238. Les Comédies de Térence, traduction nouvelle avec le texte latin et des notes, par M. l'abbé Lemonnier. *Paris*, *Jombert*, 1771, 3 vol. in-8, fig. de Cochin, mar. viol. dent. tr. dor.

239. La Farce de maistre Pierre Pathelin, avec son testament à quatre personnages (par P. Blanchet). *Paris*, *Durand*, 1762, pet. in-8, br. n. rog.

240. Les Tragédies de Rob. Garnier. *Paris*, *Mamert Patisson*, 1582, petit in-12, bas. (*Piqûres de vers.*)

241. Recueil de comédies de divers autheurs : la Mort de César, le Martyre de St Eustache, la Mariane, les Visionnaires, etc. *Tolose*, *Bernard Fouchac*, 1652, in-12, bas.

242. OEuvres de Pierre et Thomas Corneille, avec les commentaires de Voltaire. *Paris, Ant.-Aug. Renouard*, 1817, 12 vol. in-8, fig. de Moreau, v. f. dent.

243. Découverte du portrait de P. Corneille, peint par Ch. Lebrun; recherches historiques et critiques à ce sujet par M. Hellis. *Rouen, Le Brument*, 1848, in-8, portr. demi-rel. dos et coins de mar. bl. n. rog.

On a ajouté le portait de Corneille par Lebrun avec l'eau-forte.

244. OEuvres complètes de J. Racine, nouvelle édition. *Paris, Déterville*, 1796, 4 vol. in-8, fig. de Le Barbier avant la lettre, v. rac. dent. tr. dor.

245. OEuvres complètes de Molière, édition revue sur les textes originaux. *Paris, Dauvin*, 1828, in-8, demi-rel. v. viol.

246. Mémoires sur Molière et sur Mme Guérin, sa veuve, suivis des mémoires sur Baron et sur Mlle Lecouvreur, par l'abbé d'Allainval. *Paris, Ponthieu*, 1822, in-8, portr. v. f. fil. tr. jasp.

247. La Femme jalouse, comédie en cinq actes (par M. Fr.-Timothée Thibaut). *Nancy, P. Antoine*, 1734, in-8, mar. r. fil. tr. dor.

Aux armes de Louise-Élisabeth-Charlotte d'Orléans, régente des Pays-Bas, avec une note de sa main à l'épître dédicatoire.

248. La Métromanie, ou le Poëte, comédie en vers, par M. Piron. *Paris, Le Breton*, 1738, in-8, v. marb. fil.

249. L'Ami de la maison, comédie, par M. Marmontel. *Paris, P.-Ch. Ballard*, 1772, in-8, mar. r. fil. tr. dor. (*Rel. anc.*)

250. Les Arsacides, tragédie, par M. Peyraud de Beaussol. *Paris, veuve Duchesne*, 1775, in-8, mar. r. fil. tr. dor.

Aux armes du comte de Muy, maréchal de France.

251. OEuvres complètes de M. de Marivaux. *Paris, veuve Duchesne*, 1781, 12 vol. in-8, v. jas. fil.

252. OEuvres complètes de P.-A. C. de Beaumarchais. *Paris, L. Collin*, 1809, 7 vol. in-8, fig. au trait, demi-rel. dos et coins de v. bl.

253. OEuvres complètes de Beaumarchais. *Paris, Et. Ledoux*, 1821, 6 vol. in-8, portr. br.

254. Charles IX, ou l'École des rois, tragédie, par Marie-Joseph de Chénier. *Paris, impr. de Didot*, 1790, in-8, cart. n. rog.

255. Théâtre républicain posthume et inédit de L.-B. Picard, publié par Ch. Lemesle. *Paris, Ch. Béchet*, 1832, in-8, portr. bas. rac. dent.

256. Recueil de (10) opuscules sur les Deux Gendres de M. Etienne. *Paris*, 1810-11, in-8, br.

257. Théâtre de Clara Gazul, comédienne espagnole (par Pr. Mérimée). *Paris, H. Fournier jeune*, 1830, in-8, demi-rel. v. ant.

Édition originale, avec le portrait de M. Mérimée sous le costume de Clara Gazul.

258. Mérimée (P.). La Jaquerie, scènes féodales, suivies de la Famille de Carjaval, drame. *Paris, Brissot-Thivars*, 1828, in-8, portr. br. — Chroniques du temps de Charles IX. *Paris, Alex. Mesnier*, 1829, in-8, br. — Théâtre de Clara Gazul. *Paris, H. Fournier*, 1830, in-8, br.

259. Scènes féodales. — La Jaquerie. — La Famille de Carjaval, par l'auteur du Théâtre de Clara Gazul (Pr. Mérimée). *Paris, Alex. Mesnier*, 1829, in-8, demi-rel. v. ant.

Deuxième édition.

260. Le More de Venise Othello, tragédie, trad. de Shakspeare par le comte Alfred de Vigny. *Paris, Levavasseur*, 1830. — Poëmes antiques et modernes, par le même. *Paris, U. Canel*, 1826, in-8, portr. demi-rel. v. f.

Éditions originales, avec envoi autographe de l'auteur.

261. Lucrèce Borgia, drame, par V. Hugo. *Paris, Eug. Renduel,* 1833, in-8, demi-rel. bas.

Édition originale.

262. Mademoiselle de Belle-Isle, drame, par Alex. Dumas. *Paris, Dumont,* 1839, in-8, demi-rel. dos et coins de mar. r. n. rog.

Édition originale.

263. Mémoires pour servir à l'histoire des spectacles de la foire, par un acteur forain (par les frères Parfaict). *Paris, Briasson,* 1743; 2 tom. en 1 vol. in-12, v. marbr.

264. Recueil d'environ 200 pièces de théâtre en 50 vol. in-8, rel. et br.

4. FABLES. ROMANS ET FACÉTIES.

265. Fabulæ Æsopicæ. *Lipsiæ,* 1618, pet. in-8, cart. *figures.*

266. Fables de Lokman, édition arabe avec trad. française. *Au Havre,* 1799, in-4, rel.

Rare.

267. Amours de Théagène et de Chariclée, histoire éthiopique, traduite du grec d'Héliodore. *Londres,* 1743, 2 vol. in-18, fig. v. f. fil.

268. Histoire éthiopique d'Héliodore, ou les Amours de Théagène et Chariclée, traduction d'Amyot. *Paris, Alex. Corréard,* 1822, 2 vol. in-8, br.

269. Éloge de la Folie, nouvellement traduit du latin d'Erasme, par M. de Laveaux. *Basle, J.-J. Thurneysen,* 1780, in-8, fig. de J. Holbein, demi-rel. dos et coins de v. f. n. rog.

270. Éloge de la Folie, nouvellement traduit du latin d'Erasme, précédé de l'histoire d'Erasme et de ses écrits par N. Nisard. *Paris, Ch. Gosselin,* 1842, in-12, v. br. fil.

271. Idée d'une république heureuse, ou l'Utopie de Thomas Morus, traduite en françois par M. Gueudeville. *Amsterdam*, *Fr. l'Honoré*, 1730, in-12, fig. v. gr.

272. L'Histoire de Palmerin d'Olive, filz du roy Florendos de Macédoine, mis en lumière par Jan Maugin, dit le petit Angevin. *Anvers*, *Jan Waesberghe*, 1572, in-4, v. gr. (*Piqûres de vers, raccommodages et tâches.*)

273. L'Histoire de Primaléon de Grèce, contenant celle de Palmerin d'Olive, empereur de Constantinople, mise en françois par François de Vernassal, Quercinois. *Lyon*, *Benoist Rigaud*, 1580, pet. in-12, bas.

274. Le Troisiesme Livre de Primaléon de Grèce, fils de Palmerin d'Olive, empereur de Constantinople, auquel les faits héroïques, mariages et merveilleuses amours d'iceluy, etc., traduit d'espagnol en françois. *Lyon*, *Pierre Rigaud*, 1609, pet. in-12, bas. (*Court de la marge du haut.*)

275. L'Heptaméron, ou Histoire des amants fortunés, nouvelles de la reine Marguerite de Navarre, revu et publié par le bibliophile Jacob. *Paris*, *Ch. Gosselin*, 1841, in-12, v. ant. fil.

276. OEuvres de maître Fr. Rabelais, suivies des remarques de M. Le Motteux. *Paris*, *F. Bastien*, *an VI*, 3 vol. fig. bas. rac.

277. Histoire maccaronique de Merlin Coccaie, prototype de Rabelais. *Paris*, *Toussaincts du Bray*, 1606, 2 vol. pet. in-12, v. f.

278. Les Avantures de Télémaque, fils d'Ulysse, par messire Fr. de Salignac de la Mothe-Fénelon. *Hambourg et Londres*, *A. Vandenhoeck*, 1731, 2 tom. en 1 vol. in-12, fig. cuir de Russie, fil. tr. dorée.

279. Les Contes de Perrault, de mad. d'Aulnoy et de mad. Leprince de Beaumont, publiés par

Le Gai. — Petite Encyclopédie des proverbes français, publiée par le même. *Paris*, *Passard*, 1852, 2 vol. in-32, v. f. fil. tr. jas.

280. Le Roman comique, par Scarron. *Paris, impr. de Didot*, *an IV*, 3 vol. in-8, portr. et fig. de Le Barbier, br.

281. Histoire de Gil Blas de Santillane, par Lesage. *Paris, impr. de Didot jeune*, *an III*, 4 tom. en 2 vol. in-8, fig. bas. rac.

282. Aventures et espiègleries de Lazarille de Tormes, écrites par lui-même. *Paris*, *impr. de Didot*, *an IX*, 1801, 2 vol. in-8, fig. de Ransonnette, br.

283. Émile, ou de l'Éducation, par J.-J. Rousseau. *Paris*, *F. Didot*, 1848, in-12, portr. v. f. fil. tr. jaspé.

284. La Religieuse, par Diderot, nouvelle édition. *Paris*, *Deroy*, *an VII*, in-8, portr. et fig. de Le Barbier, v. porph. dent. tr. dor.

285. Le Diable amoureux, nouvelle espagnole (par Cazotte). *Naples*, 1772, in-8, fig. au trait, bas.

286. Le Diable amoureux, roman fantastique par J. Cazotte, précédé de sa vie par Gérard de Nerval, illustré par Edouard de Beaumont. *Paris*, *Ganivet*, 1843, in-8, demi-rel. dos et coins de mar. r. tr. jas.

287. Histoire amoureuse de Pierre le Long et de sa très-honorée dame Blanche Bazu, nouvelle édition, par M. de Sauvigny. *Londres*, 1768, in-8, fig. et musique, v. f. dent. tr. dor.

288. Les Amours de Pierre le Long et de Blanche Bazu. *Paris*, *impr. de Ducauroy*, *an IV* (1796), in-12, bas.

289. Les Amours de Pierre le Long et de Blanche Bazu. *Paris*, *impr. de Ducauroy*, 1796, in-12, br.

290. Estelle, roman pastoral, par M. de Florian. *Paris, impr. de Monsieur*, 1788, in-18, fig. de Queverdo, mar. r. dent. tr. dor.

291. Hymne au Soleil, par M. l'abbé de Reyrac. *Paris, Lacombe,* 1778, pet. in-12, mar. r. fil. tr. dor. (*Rel. anc.*)

292. Paul et Virginie, par J.-H. Bernardin de Saint-Pierre. *Paris, impr. de P. Didot l'aîné,* 1806, in-4, portr. et fig. demi-rel. dos et coins de bas. rouge.

293. Les Natchez, par M. le vicomte de Chateaubriand. *Paris, Lefèvre,* 1829, 2 vol. in-8, v. viol. compart.

294. Nouvelles contemporaines, par Alex. Dumas. *Paris, Sanson,* 1826, in-18, br.

295. Ourika (par Mme de Duras). *Paris, Ladvocat,* 1826. — Édouard (par la même). *Paris, Ladvocat,* 1825, 3 tom. en 1 vol. in-12, fig. v. f. compart. tr. dor.

296. Mosaïque, par l'auteur du Théâtre de Clara Gazul (Pr. Mérimée). *Paris, H. Fournier jeune,* 1833, in-8, demi-rel. v. ant.

Édition originale.

297. Notre-Dame de Paris, par V. Hugo. *Paris, Charpentier,* 1841, 2 tom. en 1 vol. in-12, v. f. fil. tr. jas.

298. Hypnérotomachie, ou Discours du songe de Polyphile, nouvellement traduict de l'italien en françois. *Paris, Jacques Kerver,* 1546, in-fol. rel. figures.

Beaucoup de feuillets sont doublés ou remontés.

299. Songe de Polyphile, traduction libre de l'italien par J.-G. Legrand. *Paris, impr. de P. Didot l'aîné, an XIII* (1804), 2 vol. in-18, pap. vél. demi-rel. dos et coins de mar. r. n. rog.

300. Le Philocope de messire Jean Boccace, Florentin, contenant l'histoire de Fleury et Blanchefleur, traduict d'italien en françois par Adrien Sevin. *Paris, Gilles Corrozet*, 1555, pet. in-8, v. gr. fil.

301. La Fiammette amoureuse de M. Jean Boccace, traduit en françois (par Gabriel Chappuis). *Paris, M. Guillemot*, 1609, pet. in-12, demi-rel. dos et coins de mar. r.

302. Le Don Quichotte, traduit de l'espagnol (de Cervantes), par H. Bouchon-Dubournial. *Paris, Méquignon-Marvis*, 1822, 4 vol. in-8, fig. et carte, v. ant. compart.

303. Le Vicaire de Wakefield (the Vicar of Wakefield), par Goldsmith, traduit en français par Ch. Nodier. *Paris, Bourgueleret*, 1838, in-8, fig. avant la lettre, v. f. fil. tr. dor.

304. Aventures de Robinson Crusoé, par Daniel de Foé, traduction nouvelle, édition illustrée par Grandville. *Paris, H. Fournier*, 1811, in-8, v. gris, fil.

305. OEuvres de Walter Scott, traduction de Defauconpret. *Paris, Furne, Gosselin et Perrotin*, 1835-36, 30 vol. in-8, fig. br.

306. Werther, par Goethe, traduction nouvelle par P. Leroux, accompagnée d'une préface par G. Sand. *Paris, J. Hetzel*, 1845, gr. in-8, pap. vél. fig. sur chine à l'eau-forte de T. Johannot, v. ant. fil. tr. dor.

Bel exemplaire avec un portrait de G. Sand par Charpentier.

307. Collection complète des pamphlets politiques et opuscules littéraires de P.-L. Courier. *Bruxelles*, 1827, in-8, portr. br.

308. Aresta Amorum LII accuratissimis Benedicti Curtii Symphoriani commentariis ad utriusque juris rationem, etc. *Parisiis, apud Joannem Ruellium*, 1566, in-12, demi-rel. mar. r.

309. Bigorne qui mange tous les hommes qui font le commandement de leurs femmes. Pet. in-8, demi-rel.

310. Les Quinze Joyes de mariage, auquel on a joint le Blason des fausses amours, le Loyer des folles amours et le Triomphe des Muses contre Amour. *La Haye, A. de Rogissart*, 1734, in-12, demi-rel. dos et coins de mar. r. tr. dor. (*Hering et Muller.*)

311. Les Quinze Joyes de mariage, nouvelle édition, avec des notes. *Paris, P. Jannet*, 1853, in-16, v. f. fil. tr. jas.

De la la Collection elzévirienne.

312. De l'Abus des nudités de gorge, attribué à l'abbé J. Boileau. *Paris, A. Delahays*, 1858, in-18, pap. de Holl. br.

313. Roger Bontemps en belle humeur, par M*** (attribué au duc de Roquelaure). *Cologne, P. Marteau*, 1731, 2 tom. en 1 vol. in-12, v. gr.

314. Lettre écrite à Mme la comtesse Tation, par le sieur de Bois-Flotté, étudiant en droit fil (par le marquis de Bièvre). *Amsterdam*, 1770, in-8, fig. v. gr.

315. De l'Origine des étrennes, par Jacob Spon. *Paris, F.-Amb. Didot*, 1781, in-18, demi-rel. mar. viol. n. rog.

316. Dialogues des morts, composés pour l'éducation d'un prince, par Fénelon. *Paris, impr. de P. Didot l'aîné*, 1819, in-8, v. ant. compart.

Exemplaire en papier fin.

317. L'Esprit des autres, par Ed. Fournier. *Paris, E. Dentu*, 1855, in-18, br. — Satires et diatribes sur les femmes, l'amour et le mariage, par L.-J. Larcher. *Paris, A. Delahays*, 1860, in-18, br.

5. ÉPISTOLAIRES ET POLYGRAPHES.

318. Lettres d'Héloïse et d'Abailard. *Paris, Fournier*, 1796, 3 vol. in-4, fig. de Moreau le jeune, cart. n. rog.

319. Lettres de madame de Sévigné à sa fille et à ses amis, nouvelle édition par Ph.-A. Grouvelle. *Paris, Bossange*, 1806, 8 vol. in-8, portr. bas. rac. dent.

320. Quintilien et Pline le Jeune. *Paris, Dubochet*, 1842, gr. in-8, demi-rel. mar. viol.

De la Collection des auteurs latins publiée par M. Nisard.

321. OEuvres de Machiavel, traduction nouvelle par Toussaint Guiraudet. *Paris, Potey, an VII*, 9 vol. in-8, portr. demi-rel. bas.

322. OEuvres choisies de P. Arétin, trad. avec des notes par P. L. Jacob (P. Lacroix). *Paris, Ch. Gosselin*, 1845, in-12, demi-rel. dos et coins de v. fauve.

323. Les OEuvres meslées d'Estienne Pasquier. *Paris, Jean Petit-Pas*, 1619, pet. in-8, portr. v. br. fil. tr. dor.

324. Les OEuvres de M. de Cyrano-Bergerac. *Amsterdam, Jean Desbordes*, 1709, 2 vol. in-12, fig. v. f.

325. Les OEuvres diverses de M. Cyrano de Bergerac. *Amsterdam, J. Desbordes*, 1761, 2 vol. in-12, portr. v. gr.

326. Balzac. Aristippe. *Leide, Elzevir*, 1658. — Lettres familières à Chapelain. *Amsterdam, L. et D. Elzevier*, 1661. — Les Entretiens, 1663. — Les OEuvres diverses, 1664. — Les Lettres à Conrart, 1664. — Lettres choisies, 1673. Ensemble, 6 vol. pet. in-12, v.

Éditions publiées par les Elzeviers.

327. OEuvres de M. Scarron, nouvelle édition, revue, corrigée et augmentée. *Amsterdam, J. Wetstein et G. Smith*, 1737, 10 vol. pet. in-12, portr. et fig. v. marbr.

328. OEuvres meslées de Saint-Evremond. *Londres*, 1709, 3 vol. in-4, v. gr.

Exemplaire en grand papier.

329. OEuvres diverses de M. de Fontenelle. *La Haye, Gosse et Neaulme*, 1728, 3 vol. in-fol. fig. de B. Picart, v. marbr. fil. tr. dor.

330. OEuvres diverses de M. de Fontenelle. *La Haye*, 1728, 3 vol. in-4, fig. de Bernard Picart, v. marbr. fil.

331. OEuvres de Montesquieu. *Paris*, 1796, 5 vol. in-4, pap. vél. cart. portr.

332. Mémoires historiques et philosophiques sur la vie et les ouvrages de D. Diderot, par J.-A. Naigeon. *Paris, J.-L.-J. Brière*, 1821, in-8, portr. demi-rel. dos et coins de cuir de Russie, n. rog.

Exemplaire en papier de Hollande, auquel on a ajouté un portrait par Saint-Aubin et un fac-simile.

333. OEuvres complètes de Voltaire. *Paris, J. Didot aîné*, 1827-29, 4 vol. in-8, portr. v. f. fil. tr. dor. (*Lardière.*)

334. OEuvres du comte de Tressan. *Paris, Nepveu*, 1823, 10 vol. in-8, fig. de Colin, v. marb. fil.

335. OEuvres badines et morales, historiques et philosophiques de Jacques Cazotte. *Paris, J.-F. Bastien*, 1817, 4 vol. in-8, fig. avant la lettre, bas. rac. dent.

336. OEuvres complètes de Duclos. *Paris, Colnet*, 1806, 10 vol. in-8, portr. v. rac. dent.

337. OEuvres de M. le chevalier de Boufflers. *Londres*, 1786, 2 tom. en 1 vol. in-18, bas. v. fil.

Exemplaire sur papier rose.

338. OEuvres de J.-M.-Ph. Roland, femme de l'ex-ministre de l'intérieur. *Paris, Bidault, an VIII*, 3 vol. in-8, portr. v. rac.

339. OEuvres complètes de C.-F. Volney. *Paris, Bossange frères*, 1821, 8 vol. in-8, portr. br.

340. OEuvres complètes de madame de Souza. *Paris, Al. Eymery*, 1821-22, 6 vol. in-8, fig. demi-rel. v. ant.

341. OEuvres complètes de P.-L. Courier, précédées d'un essai sur sa vie et ses écrits, par Armand Carrel. *Paris, A. Sautelet*, 1830, 4 vol. in-8, br.

342. OEuvres complètes de G. Legouvé. *Paris, L. Janet*, 1826, 3 vol. in-8, portr. demi-rel. v. antique.

343. OEuvres de J.-D. Lanjuinais, avec une notice biographique par Victor Lanjuinais. *Paris, Dondey-Dupré*, 1832, 4 vol. in-8, portr. br.

344. Collection des meilleurs ouvrages de la langue française, dédiée à madame la duchesse d'Angoulême. *Paris, P. Didot l'aîné*, 1815, 13 tomes en 6 vol. in-18, pap. fin, v. v. compart. (*Thouvenin.*)

Contes d'Hamilton. — Lettres de Sancerre. — Mémoires de Grammont. — Mémoires de Comminge. — La Princesse de Clèves. — Zaïde.

345. Collection des classiques français. *Paris, Roux-Dufort*, 1826, 2 vol. in-8, fig. v. f. fil. tr. dor.

HISTOIRE.

1. VOYAGES.

346. Voyage d'Italie, de Dalmatie, de Grèce et du Levant, fait aux années 1675 et 1676, par J. Spon et G. Wheler. *La Haye, Rutgert Alberts*, 1724, 2 vol. in-12, fig. demi-rel. bas.

347. Voyages historiques, littéraires et artistiques en Italie, par M. Valery. *Paris, Aimé André*, 1838, 3 vol. in-8, fig. et carte, demi-rel. dos et coins de v. bl. n. rog.

348. Nouveau Guide du voyageur en Italie. *Milan*, 1842, in-12, cartes, v. f. fil.

349. Relation d'un voyage du Levant, par M. Pitton de Tournefort. *Lyon, Anisson et Posuel*, 1717, 3 vol. in-8, fig. et cartes, v. gr.

350. Voyage bibliographique, archéologique et pittoresque en France, par le Rév. Th. Frognall Dibdin, traduit de l'anglais, avec des notes, par Théod. Licquet. *Paris, Crapelet*, 1825, 4 vol. in-8, demi-rel. dos et coins de v. f. n. rog.

351. Itinéraire de Paris à Jérusalem et de Jérusalem à Paris, par F.-A. de Chateaubriand. *Paris, Le Normant*, 1811, 3 vol. in-8, cart. v. f. dent. tr. dor.

2. HISTOIRE ANCIENNE.

352. Le Registre des ans passez puis la création du monde jusques à l'année presente mil cinq cens XXXII. *On les vend en la grand'salle du Palais*,

en la boutique de Galliot du Pré, 1532, pet. in-4, goth.

Il manque les feuillets 30 et 31.

353. Les Traits de l'Histoire universelle, sacrée et profane, d'après les plus grands peintres et les meilleurs écrivains, par le sieur Le Maire, graveur (et l'abbé Aubert). *Amsterdam et Paris, Desaint et Saillant*, 1760, 6 vol. in-12, fig. v. éc. fil. tr. dor.

354. Histoire universelle de Justin, extraite de Trogue-Pompée, traduite avec des notes par M. l'abbé Paul. *Paris, J. Barbou*, 1774, 2 vol. in-12, v. f. fil. tr. dor.

355. Histoire d'Hérodote, suivie de la Vie d'Homère, nouvelle traduction par A.-F. Miot. *Paris, F. Didot*, 1822, 3 vol. in-8, demi-rel. v. f.

356. Histoire des Neuf Livres de Hérodote d'Halicarnasse... plus un Recueil de George Gemiste dict Plethon, des choses avenues depuis la journée de Mantinée; le tout traduict du grec en françois par Pierre Saliat. *Paris, Cl. Micard*, 1580, pet. in-12, bas. rac.

357. Histoire d'Hérodote, suivie de la Vie d'Homère, nouvelle traduction par A.-F. Miot. *Paris, F. Didot*, 1822, 3 vol. in-8, br.

358. Histoire de Thucydide, fils d'Olorus, traduite du grec par Pierre-Charles Lévesque. *Paris, J.-B. Gail*, 1795, 2 vol. in-4, br.

359. Histoire de Polybe, nouvellement traduite du grec par dom Vincent Thuillier, avec un commentaire et des notes par M. de Folard. *Paris, P. Gaudouin*, 1727-30, 6 vol. in-4, portr. et fig. v. marbr.

360. Fêtes et Courtisanes de la Grèce; supplément aux Voyages d'Anacharsis et d'Anténor (par M. Chaussard). *Paris, Buisson*, an 9 (1801), 4 vol. in-8, fig. bas.

361. Voyage du jeune Anacharsis en Grèce, dans le milieu du IVe siècle av. J.-C. *Paris, De Bure*, 1788, 4 vol. in-4 et atlas in-4, v. marbr. dent. tr. dor.

362. Les Antiquités romaines de Denys d'Halicarnasse, traduites en français avec des notes historiques par M*** (Bellanger). *Paris, P.-Nic. Lottin*, 1723, 2 vol. in-4, cartes, v. gr. (*Piqûres de vers au tome I.*)

363. Les Décades qui se trouvent de Tite-Live, par B. de Vigenere. *Paris, Abel l'Angelier*, 1616-17, 2 vol. in-fol. fig. v. marbr.

364. Annæus Florus, Cl. Salmasius addidit Lucium Ampelium. *Amstelodami, apud Danielem Elzevirium*, 1664, pet. in-12, titre gravé vél.

365. Histoire romaine de Florus, traduction nouvelle, accompagnée de notes historiques et critiques, par M. Ch. du Rozoir. *Paris, A. Belin*, 1829, gr. in-8, pap. vél. demi-rel. dos et coins de v. f. n. rog.

366. Histoire romaine de Caius Velleius Paterculus, traduite par M. Després. *Paris, Panckoucke*, 1825, 2 vol. in-32, v. f. fil. tr. jas.

367. Cornelii Nepotis Vitæ excellentium imperatorum, editio nova, ex optimis exemplaribus emendata et schematibus illustrata. *Parisiis, apud R. Bregeaut*, 1837, in-8, fig. v. ant. fil. tr. dor.

368. Commentaires de J. César de la guerre de Gaule, traduictz par feu Robert Gaguin, reveuz et verifiez par Antoine du Moulin, Masconnois. *Lyon, Jean de Tournes*, 1545, pet. in-12, v. marb. tr. ciselée dor.

369. Traduction complète de Tacite, avec des notes historiques et critiques et des suppléments par J.-H. Dotteville. *Paris, impr. de Moutardier*, 1799, 7 vol. in-8, pap. vél. v. f. dent. tr. dor. (*Bozérian.*)

Bel exemplaire.

370. Histoire des Révolutions arrivées dans le gouvernement de la République romaine, par René Auber de Vertot. *Paris, Ant.-Aug. Renouard*, 1796, 2 vol. in-8, pap. vél. portr. mar. viol. tr. dor.

371. Suétone, des Gestes des douze Césars (en français). *Paris, Arnoul Langelier*, 1541, pet. in-8, car. ronds, fig. s. le titre, v. f. tr. dor.

Le premier feuillet est déchiré et doublé.

372. OEuvres complètes de Flavius Josèphe, avec une notice biographique, par J.-A.-C. Buchon. *Paris, A. Desrez*, 1840, gr. in-8, demi-rel. v. f.

De la collection du Panthéon littéraire.

373. Epitome du thresor des antiquitez, c'est à dire, Pourtraits des vrayes Medailles des Empereurs tant d'Orient que d'Occident, de l'estude de Jaques de Strada, Mantuan, antiquaire, traduit par Jean Louveau d'Orléans. *Lyon, J. de Strada*, 1553, in-4, fig. v. marbr. fil.

374. Valère le Grand, contenant les exemples des faicts et diets mémorables, tant des vertueux que des vitieux personnages anciens, traduit en françois par maistre J. le Blond. *Paris, Hierosme de Marnef*, 1575, pet. in-12, v. br. fil. tr. dor.

3. HISTOIRE DE FRANCE.

375. Cours d'histoire moderne. Histoire de la civilisation en France, depuis la chute de l'empire romain. — Histoire de la civilisation en Europe, par M. Guizot. *Paris, Didier*, 1840, 5 vol. in-8, portr. demi-rel. v. ant.

376. Les Anciennes et modernes Généalogies des roys de France et mesmement du roy Pharamond, avec leurs épitaphes et éffigies. *Nouvellement imprimez à Paris*, 1537, pet. in-8, goth. fig. de Duvet, v. f. fil. tr. dor.

377. Histoire des Gaulois depuis les temps les plus reculés, par Am. Thierry. *Paris*, *A. Sautelet*, 1828, 3 vol. in-8, br.

378. Abrégé chronologique de l'Histoire de France, depuis Clovis jusqu'à la mort de Louis XIV, par le président Henault, revu par M. Michaud. *Paris*, *Michaud*, 1836, gr. in-8, cart.

379. Histoire critique de l'établissement de la monarchie française dans les Gaules, par M. l'abbé Dubos. *Paris*, *Osmont*, 1734, 3 vol. in-4, v. marbr.

380. La Chronique des Roys de France, puis Pharamond jusques au roy Henry, second du nom, selon la computation des ans, jusques en l'an 1549. Le Catalogue des Papes, puis S. Pierre jusques à Paul, tiers du nom. Catalogue des Empereurs, puis Octavian Cesar jusques à Charles V du nom. *Paris*, *Galiot du Pré*, 1549, pet. in-8, fig. sur bois, v. marbr. fil.

381. Discours sur l'Histoire de France. *Paris*, *Impr. de Monsieur*, 1790, in-4, demi-rel. v.

Suivi de la collection des gravures de Cochin pour l'Abrégé chronologique de l'histoire de France par le président Hénault.

382. Mémoires sur l'ancienne chevalerie, considérée comme un établissement politique et militaire, par M. de la Curne de Sainte-Palaye. *Paris*, *Duchesne*, 1759, 2 vol. in-12, v. marbr.

383. Les Nobles et les Vilains du temps passé, ou Recherches critiques sur la noblesse et les usurpations nobiliaires, par Alph. Chassant. *Paris*, *Aug. Aubry*, 1857, pet. in-8, v. f. fil. tr. dor.

384. Abrégé de l'histoire de la milice françoise, du P. Daniel. *Paris*, *hôtel de Thou*, 1773, 2 vol. in-12, fig. v. gr. fil.

385. Les Mémoires de messire Philippe de Comines, seigneur d'Argenton, reveus par Denys

Godefroy. *Paris*, *Impr. royale*, 1649, in-fol. v.

386. Histoire de Philippe-Auguste, par M. Capefigue. *Paris*, *Dufey*, 1829, 4 vol. in-8, v. f. compart. dos orné.

387. Histoire du chevalier Bayard, lieutenant général pour le Roy au gouvernement de Daulphiné, et de plusieurs choses mémorables advenues en France, Italie, Espagne et ès Pays bas, du regne des roys Charles VIII, Louis XII et François I, depuis l'an 1489 jusques à 1524. *Paris, Abraham Pacard*, 1619, in-4, portr. vél.

388. Les Mémoires de Philippe de Commines, chevalier, seigneur d'Argenton, sur les principaux faicts et gestes de Loys XI et Charles VIII, son fils, rois de France. *Paris, impr. de J. Guerreau et J. Bouillerot*, 1614, pet. in-12, bas.

389. Journal de Henri III, roy de France et de Pologne, par Pierre de l'Estoile ; nouvelle édition, accompagnée de remarques historiques et de pièces les plus curieuses de ce règne (par Lenglet du Fresnoy). *La Haye et Paris, P. Gaudouin*, 1744, 5 vol. pet. in-8. — Journal du règne de Henri IV, par P. de l'Estoile, avec des remarques historiques et politiques du chevalier C. B. A. (Lenglet du Fresnoy), et plusieurs pièces historiques du même temps. *La Haye* (*Paris*), 1741, 4 vol. pet. in-8 ; ensemble 9 vol. portr. v. marbr.

Reliure non uniforme.

390. Histoire des amours de Henry IV, avec divers lettres escrittes à ses maitresses. — Divorce satyrique. — Confession catholique du sieur de Sancy. *Leyde, Jean Sambyx* (*Elzev.*), 1663, pet. in-12, v. f. fil. tr. dor. (aux armes.)

Manque le titre.

391. Satyre Ménippée de la vertu du Catholicon d'Espagne et de la tenue des estats de Paris.

Ratisbonne, Mathias Keruer, 1664, pet. in-12, fig. bas.

392. Mémoires de Sully. *Paris, J.-Fr. Bastien*, 1788, 6 vol. in-8, portr. bas. rac.

393. Histoire du roy Henry le Grand, composée par messire Hardouin de Perefixe. *Amsterdam, L. et D. Elzevier*, 1661, pet. in-12, front. gravé, mar. bl. fil. tr. dor. (Rel. anc.)

Exemplaire provenant de Mérard de Saint-Just, d'après une note sur une des gardes du volume.

394. Histoire du roy Henry le Grand, composée par messire Hardouin de Perefixe. *Amsterdam, Ant. Michiels*, 1661, pet. in-12, front. gr. v. f. fil. tr. dor. (*Le frontispice est doublé.*)

395. Histoire du roy Henry le Grand, composée par messire Hardouin de Perefixe. *Amsterdam, D. Elzevier*, 1664, in-12, front. gr. v. br. compart. (*Raccommodages à quelques feuillets et mouillé.*)

396. Cinq-Mars, ou une Conjuration sous Louis XIII, par le comte Alfred de Vigny. *Paris, Charpentier*, 1842, in-12, portr. v. br. fil.

397. Mémoires de M. D. L. R. (La Rochefoucauld), sur les brigues à la mort de Louis XIII, les guerres de Paris et de Guyenne, etc. *Cologne, P. van Dyck*, 1662, pet. in-12, v. gr.

398. Mémoires du cardinal de Retz. *Amsterdam, J.-F. Bernard*, 1731, 4 vol. pet. in-8, cart. n. rog. (*Légères piqûres de vers au tome II.*)

399. Mémoires du cardinal de Retz. *Paris, Heuguet*, 1842, 2 vol. in-12, v. br. fil.

400. Amours des dames illustres de France, sous le règne de Louis XIV (par Bussy-Rabutin). *Cologne, P. Mrateau, s. d.*, 2 vol. pet. in-12, fig. bas. v.

401. Histoire de la Régence et de la minorité de Louis XV, par P.-E. Lemontey. *Paris, Paulin*, 1832, 2 vol. in-8, portr. v. f. dent.

402. Vie de Marie Leczinska, reine de France, par M. Aublet de Maubuy. *Paris*, *Brunet*, 1773. — Portrait de feu Monseigneur le Dauphin (par Cérutti de Saint-Mégrin). *Paris*, *Lottin*, 1766, in-8, portr. demi-rel. bas.

403. Histoire de la Révolution française, par M. A. Thiers. *Paris*, *Lecointe et Durey*, 1827, 10 vol. in-8, portr. v. rac. dent.

404. Histoire de la Révolution française, par M. A. Thiers. *Paris*, *Furne*, 1837, 10 vol. in-8, portr. et fig. demi-rel. bas.

405. Histoire de la Révolution française, par M. Louis Blanc. *Paris*, *Langlois et Leclercq*, 1847, 12 vol. in-8, br.

406. Histoire de la Révolution française depuis 1789 jusqu'en 1814, par F.-A. Mignet. *Paris*, *F. Didot*, 1833, 2 vol. in-8, br.

407. Mémoires de Madame Roland, avec des notes, par MM. Berville et Barrière. *Paris*, *Baudouin frères*, 1820, 4 vol. in-8, v. marbr. dent.

408. Relation d'un voyage de Paris à Bruxelles et à Coblentz en 1791, suivie de poésies diverses. *Paris*, *U. Canel*, 1823, in-18, portr. v. f. dent. tr. dor.

Aux armes de Louis XVIII.

409. Mémorial alphabétique des droits ci-devant seigneuriaux supprimés et rachetables, par Ravaut. *Paris*, *Nyon*, 1790, in-12, v. br. fil.

410. Almanach du père Gérard pour l'année 1792, par J.-M. Collot d'Herbois. *Paris*, *Buisson*, 1792, in-24, fig. bas.

411. History of the guillotine, by the right hon. John Wilson Crober. *London*, *J. Murray*, 1853, in-18, fig. demi-rel. dos et coins de v. f.

412. Traité de paix définitif entre Sa Majesté l'Empereur roi de Hongrie et de Bohême et la Répu-

blique française, signé à Lunéville, le 20 pluviôse an 9, représenté par figures gravées par F.-A. David. *Paris, David, an IX*, in-18, bas.

4. HISTOIRE DE PARIS ET DES PROVINCES DE FRANCE.

413. Les Antiquitez, croniques et singularitez de Paris par Gilles Corrozet, Parisien. *Paris, N. Bonfons*, 1586, in-8, fig. v. gr.

Exemplaire court de marges. Le titre est doublé.

414. Recherches critiques, historiques et topographiques sur la ville de Paris, depuis ses commencemens connus jusqu'à présent, avec le plan de chaque quartier, par le sieur Jaillot. *Paris, Lottin*, 1775-82, 5 vol. in-8, bas. cartes.

415. Almanach des environs de Paris, contenant la topographie de l'archevêché et des différents endroits du diocèse. *Paris, S. Desnos, s. d.*, petit in-8, v. marbr. fil.

416. Nouvelle Description des curiosités de Paris, par J.-A. Dulaure. *Paris, Le Jay*, 1791, 2 vol. in-18, demi-rel. dos et coins de cuir de Russie, fermoirs.

417. Carte des environs de Paris, par Ch. Picquet. Tableau d'assemblage n° 1 à 16, collé sur toile, dans deux cartons in-8.

418. Histoire de Melun, par M. Sebastian Roulliard. *Paris, Guill. Loyson*, 1628, in-4, v. gr.

419. Compiègne et ses environs, par Léon Éwig. *Paris, Eug. Renduel*, 1836, in-8, fig. demi-rel. dos et coins de v. ant. n. rog.

420. Fontainebleau, ou Notice historique et description sur cette résidence royale, par E. Janin. *Fontainebleau, S. Petit*, 1838, in-8, fig. demi-rel. dos et coins de v. ant. n. rog.

On a ajouté deux plans de Fontainebleau et plusieurs figures.

421. Le Dessein de l'histoire de Reims, avec diverses curieuses remarques touchant l'établissement des peuples, et la fondation des villes de France, par feu Nicolas Bergier. *Reims, N. Hécart*, 1635, fig. vél.

422. La Normandie, par M. J. Janin. *Paris, Ern. Bourdin, s. d.*, gr. in-8, portr. fig. cartes et blas. color. demi-rel. dos et coins de v. f. n. rog.

423. Études archéologiques, historiques et statistiques sur Arles, contenant la description des monuments antiques et modernes ainsi que des notes sur le territoire, par M. J.-J. Estrangin. *Aix, Aubin*, 1838, in-8, fig. demi-rel. dos et coins de mar. r. n. rog.

424. Mémoires pour servir à l'histoire de la fête des foux, par M. Du Tilliot. *Lausanne et Genève*, 1751, pet. in-8, fig. demi-rel.

425. Le Foyer breton, traditions populaires par Emile Souvestre, illustré par MM. T. Johannot, O. Penguilly, A. Leleux, etc. *Paris, W. Coquebert, s. d.*, in-8, demi-rel. mar. n.

426. Histoire de la guerre de la Vendée et des chouans, depuis son origine jusqu'à la pacification de 1800, par Alphonse de Beauchamp. *Paris, Giguet et Michaud*, 1809, 3 vol. in-8, portr. et cartes, bas. rac. dent.

427. Histoire des ducs de Bourgogne de la maison de Valois. 1364-1477, par M. de Barante. *Paris, Dufey*, 1837-38, 12 vol. in-8, fig. et cartes, demi-rel. v. viol.

5. HISTOIRE ÉTRANGÈRE.

428. Histoire de la conquête de l'Angleterre par les Normands, par M. Aug. Thierry. *Paris, Al. Mesnier*, 1830, 4 vol. in-8, br.

429. Description de la fête des vignerons, célébrée à Vevey le 5 août 1815, précédée d'une notice sur l'origine et l'institution de cette société, qui porte maintenant le nom d'Abbaye des vignerons. *Vevey*, *Lartscher et fils*, 1819, in-8, fig. demi-rel. dos et coins de v. ant. n. rog.

430. Histoire de la guerre de Flandre, traduitte de Famianus Strada, par P. Du Ryer. *Suivant la copie imprimée à Paris*, 1645, in-8, vél.

431. Histoire de la Flandre et de ses institutions civiles et politiques jusqu'à l'année 1305, par L.-A. Warnkœnig, trad. de l'allemand par A.-E. Gheldolf. *Bruxelles*, *M. Hayez*, 1835-36, 2 vol. in-8, demi-rel. v. bl.

432. Histoire des révolutions et mouvements de Naples, arrivés pendant les années 1647 et 1648, traduit de l'italien du comte Galeazzo Gualdo Priorato. *Paris*, *Siméon Piget*, 1654, in-4, portr. v. marbr.

433. Rome, Naples et Florence en 1817, par M. de Stendhal. *Paris, Delaunay*, 1817, in-8, demi-rel. dos et coins de v. ant. n. rog.

434. La Vie de César Borgia, appelé depuis le duc de Valentinois, descrite par Thomas Thomasi. *Leide*, *Theodore Haak* (*Elz.*), pet. in-12, fig. v. gr.

435 Histoire des révolutions de Suède et de la République romaine, par René-Auber de Vertot. *Paris*, *Ant.-Aug. Renouard*, 1795-96, 4 vol. in-8, pap. vél. mar. viol. fil. tr. dor.

436. Histoire des révolutions de Portugal, par René-Auber de Vertot. *Paris*, *Ant.-Aug. Renouard*, 1795, in-8, pap. vél. mar. viol. fil. tr. dor.

437. Histoire littéraire d'Italie, par P.-L. Ginguené. *Paris*, *Michaud frères*, 1811-19, 9 vol. in-8, bas. dent.

438. La République des Suisses, descrite en latin par Josias Simler de Zurich, et nouvellement mise en françois. *Paris, Jacques du Puys*, 1578, pet. in-8, fig. sur bois, v. bl. dent.

439. La République des Suisses, descrite en latin par Josias Simler de Zurich, et nouvellement mise en françois. *Paris, Jacques du Puys*, 1578, pet. in-8, fig. vél.

440. Chroniques siennoises, traduites de l'italien, précédées d'une introduction et accompagnées de notes par le comte de Dino. *Paris, L. Curmer*, 1846, gr. in-8, pap. vél.

441. Recherches sur l'origine du despotisme oriental, ouvrage posthume de M. B. J. D. P. E. C. (Boulanger). *S. l.*, 1766, pet. in-8, v. br. fil. tête dor. n. rog.

442. Histoire de l'état présent de l'Empire ottoman, contenant les maximes politiques des Turcs, par M. Briot. *Amsterdam, Abr. Wolfgank*, 1670, pet. in-12, front. gr. fig. mar. r. fil. tr. dor.

443. Notices sur l'état actuel de la Perse, en persan, en arménien et en français, par Myr-Davoud-Yadour de Melik Schalmazar et MM. Langlès et Chahan de Cirbied. *Paris, Nepveu*, 1818, in-18, portr. mar. r. dent.

Exemplaire de la bibliothèque du château de Rosny.

444. Vie privée, politique et militaire de Toussaint Louverture, par un homme de sa couleur. *Paris*, 1801, in-18, portr. demi-rel. v. f. n. rog.

6. BIOGRAPHIE.

445. Dictionnaire historique et critique, par M. P. Bayle. *Rotterdam, M. Bohm*, 1720, 4 vol. in-fol. v. br.

446. Les Vies des hommes illustres grecs et romains, comparées l'une avec l'autre, par Plutarque de

Chæronée, translatées par M. Jacques Amyot. *Paris, J. Gesselin*, 1609, 4 vol. pet. in-8, v. f. dent.

447. Les Vies des hommes illustres, par Plutarque, traduites en français par Ricard. *Paris, Lefèvre*, 1838, 3 vol. in-8, br.

448. Études sur le XVIe siècle. Estienne Dolet, sa vie, ses œuvres, son martyre, par Joseph Boulmier. *Paris, A. Aubry*, 1857, pet. in-8, portr. pap. vél. v. f. fil. tr. dor.

7. BIBLIOGRAPHIE. — NOBLESSE.

449. Traité de la Typographie, par H. Fournier. *Tours, A. Mame*, 1854, in-12, v. f. fil. tr. jasp.

450. Mémoires bibliographiques et littéraires, par Ant.-Fr. Delandine. *Paris, Renouard*, 1812, in-8, v. f. fil. tr. jasp.

451. Manuel du bibliophile, ou Traité du choix des livres, par G. Peignot. *Dijon, V. Lagier*, 1823, 2 vol. in-8, v. f. fil.

452. Le Véritable Art du blason et la pratique des armoiries depuis leur institution, par le P. C.-Fr. Menestrier. *Lyon, Benoist Coral*, 1671, in-12, blas. color. mar. r. tr. dor. (*Rel. anc.*)

8. JOURNAUX. — ENCYCLOPÉDIE.

453. Revue archéologique, ou Recueil de documents et de mémoires relatifs à l'étude des monuments et à la philologie. *Paris*, 1844-1870, 27 années en livr. in-8 et demi-rel.

Manque, de l'année 1860, juillet et décembre ; 1859, de décembre.

454. Musée des familles. *Paris*, 1833-1872, 40 vol. in-4, demi-rel. v. ant. et en livr.

455. Le Magasin pittoresque. *Paris*, 1833-1855, 23 vol. in-4 et 2 vol. de table, br.

456. Diderot et d'Alembert. Encyclopédie, ou Dictionnaire raisonné des sciences. *Paris*, 1751-1780, 35 vol. in-fol. v. dent., 12 vol. in-fol. de planches.

---

457. DESCRIPTION DE L'ÉGYPTE. Antiquités, état moderne, histoire naturelle. *Paris*, *Panckoucke*, 1821-1829, 24 vol. in-8, br. de texte et les atlas en livraisons.

ARTICLES OMIS.

---

458. Traité de la peinture, de Léonard de Vinci, trad. par Gault de Saint-Germain. *Genève*, 1820, in-8, cart. n. rog. fig.

459. La Double Méprise (par Prosper Mérimée). *Paris*, *Fournier*, 1833, in-8, br.

Édition originale.

460. OEuvres de lord Byron, trad. par Amédée Pichot. *Paris*, *Furne*, 1835, 6 vol. in-8, br.

461. La Chasse au fusil. *Paris*, *impr. de Monsieur*, 1788, in-8, demi-rel. 6 *planches*.

462. Traité des chiens de chasse. *Paris*, *Rousselon*, 1827, in-8, br. figures coloriées.

463. TRAITÉ GÉNÉRAL des chasses à courre et à tir. *Paris*, *Audot*, 1822, 2 vol. in-8, br. 36 *planches*.

Très-rare.

464. Traité des chasses aux piéges. *Paris*, *Audot*, 1822, 2 vol. in-8, brochés, figures.

Rare.

FIN.

ORDRE DES VACATIONS.

PREMIÈRE VACATION. — *Lundi* 22 *décembre* 1873.

1 à 154

DEUXIÈME VACATION. — *Mardi* 23 *décembre.*

155 à 317

TROISIÈME VACATION. — *Mercredi* 24 *décembre.*

318 à 464

CONDITIONS DE LA VENTE.

Elle sera faite au comptant.

Les acquéreurs payeront, en sus des enchères, cinq centimes par franc, applicables aux frais.

Il y aura chaque jour de vente, de 2 à 4 heures, exposition des livres qui seront vendus le soir.

Paris. — Typographie de Georges Chamerot, rue des Saints-Pères, 19.

www.ingramcontent.com/pod-product-compliance
Ingram Content Group UK Ltd.
Pitfield, Milton Keynes, MK11 3LW, UK
UKHW021018180726
13838UKWH00004B/1572

9 782329 379678